Con una sonrisa

Ana Guerra

Con una sonrisa

Ilustraciones de Elena Pancorbo

Planeta

Av. Diagonal, 662-664, 08034 Barcelona
www.editorial.planeta.es
www.planetadelibros.com

Diseño de la cubierta: Planeta Arte & Diseño, 2019
Diseño del interior y maquetación: Undoestudio
Coordinación editorial: Noelia Matute
Con la colaboración de Belén Remacha

Primera edición: abril de 2019
Depósito legal: B. 7.391-2019
ISBN: 978-84-08-20785-6
Preimpresión: J. A. Diseño Editorial, S. L.
Impresión: Estella
Printed in Spain – Impreso en España

El papel utilizado para la impresión de este libro es cien por cien libre de cloro y está calificado como **papel ecológico**

Para papá, por ser mi héroe

ÍNDICE

10
Prólogo

14
DESPIERTA

30
CREE

46
LO MALO

64
CRECE

82
VALORES

98
TROPIEZOS

114
REFLEXIÓN

132
SUEÑA

148
GRACIAS

PRÓLOGO

Este libro que tienes en tus manos está escrito por una escritora muy novel que se llama Ana Guerra. Y digo bien, novel, porque apenas tiene un cuarto de siglo y, en cambio, cuenta con un gran abanico de posibilidades artísticas, entre ellas, compartir con ustedes esta nueva y preciosa experiencia.

Ana nace en Canarias, en la ciudad de San Cristóbal de La Laguna, en una familia normal de trabajadores. Tiene un hermano y, durante su infancia, como todos los niños, va al colegio a formarse social y culturalmente.

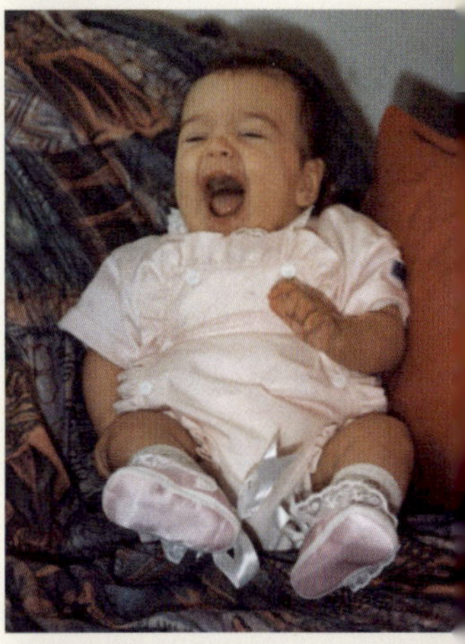

Desde muy pequeña es una niña muy activa, traviesa, con mucho miedo a lo desconocido y con los temores normales de la edad que va superando a medida que crece y se va formando el camino de su vida. Siendo muy pequeña, tuvo una época en la que no soportaba ver los huevos en la cocina y buscaba la manera de llegar a ellos para con las manos romperlos, cuantos más mejor. En el coche nunca paraba, saltando de los asientos al suelo y, en alguna ocasión, acababa encima de la tapa del maletero.

Se escondía en los armarios para que no la encontráramos e, incluso, debajo de la cama, aunque con este último espacio tenía un especial cuidado a la hora de irse a dormir, ya que siempre revisaba que no hubiera nadie escondido.

Se apuntaba a todas las fiestas, empatizaba de inmediato con la gente que la rodeaba y participaba activamente cantando o tocando la flauta en las numerosas parrandas donde acudía conmigo. La tuna no la rondaba a ella, era al contrario: ella le cantaba a la tuna que, con cara de sorpresa, se quedaba escuchándola. Cuando llegaba a sitios donde la conocían, inmediatamente le pedían que cantara, y ella estaba encantada de hacerlo.

También tiene una parte sentimental impresionante. Ana es incapaz de pasar por delante de alguien que esté sufriendo y no pararse a hablarle, a darle consuelo y ayuda.

Se emociona y se implica mucho en lo que hace. Yo la he visto escribir una letra mientras por sus mejillas caían lágrimas de sentimiento.

Por cierto, que lo de escribir no es nada nuevo, ya que, desde hace más de quince años, Ana escribe relatos realmente buenos. Yo tuve la suerte de leerlos y disfrutarlos y estoy seguro de que ella los guarda en algún lugar de sus recuerdos.

En un momento de su vida, después de tocar con varias formaciones musicales por las calles de su ciudad y en algunos escenarios, Ana decide seguir sola y abrirse camino. Da el salto a la península y se marcha a Madrid, donde trabaja en varios sitios antes de acabar en una gran empresa. Esta estabilidad económica le permite vivir y buscar opciones dentro de su gran proyecto, que es la música.

La vida la quiere, y le da la oportunidad de poder demostrar al mundo su talento. Hoy es quien es gracias a su esfuerzo y constancia y, sobre todo, a los sacrificios que hay que hacer para conseguir tus objetivos.

Felicidades por esos éxitos y mi enhorabuena por estos textos que hoy salen a la luz.

Espero que cada persona que los lea disfrute como yo lo he hecho. Y disfrutar no solo es reír, también es llorar, y yo lo he vivido leyéndolo.

Muchos éxitos.

Te quiero, hija.

PAPIWAR

Despierta

Despierta

Con veinte años me fui a vivir a Madrid. Al hacerlo, dejaba mi ciudad y todo lo que había conocido desde siempre. También dejaba sin acabar el ciclo de Producción de Audiovisuales y Espectáculos que estaba estudiando en Tenerife. Pero lo hice porque de repente comprendí que no te puedes pasar la vida esperando el momento adecuado para hacer algo. Porque ese momento nunca llega, nunca es buen momento para poner tu vida patas arriba. Así que un buen día decidí subir a un avión y ver con qué me sorprendía la vida. No tenía expectativas, mi idea era labrarme un futuro sabiendo que era muy joven y que, si todo iba mal, siempre podría volver a casa.

Para mí, entonces, la idea de dedicarme al mundo de la música era algo etéreo. No tenía un plan ni sabía muy bien por dónde empezar. En Madrid todo era muy distinto que en casa. Hasta para poder tocar en la calle había que superar un *casting*. Al poco de llegar, pude participar como elenco en el musical *Evita*, que ya habíamos representado antes en Tenerife (donde también habíamos representado *Jesucristo Superstar*). Y fue desde Tenerife que la compañía vino a repetir *Evita* y estuvo poco más de un mes en Madrid. El elenco son los cantantes y bailarines que no protagonizan los musicales pero están ahí todo el tiempo sobre el escenario, cantando los coros y participando con papeles menores.

Cuando aquello acabó, una de las compañeras me dijo que, si buscaba trabajo en Madrid para ir tirando, me podía presentar a su hermana, que trabajaba en El Corte Inglés, donde siempre están buscando gente. Le pasé el currículum, me entrevistaron y me contrataron para echar una mano durante la campaña de Navidad. Después, me propusieron quedarme y trabajar para otra marca en la sección de perfumería. Tengo muy buen recuerdo de aquella época. Mis

«Nunca es buen momento para poner tu vida patas arriba»

En el musical *Evita*

Con mis compañeros de El Corte Inglés

«HAY PEQUEÑOS DETALLES QUE TE INDICAN QUE EL MUNDO ESTÁ A TU FAVOR» compañeros eran maravillosos y mis jefes confiaban mucho en mí. Pude viajar a convenciones, trabajar con distintas marcas... Yo me tomaba muy en serio mi trabajo y siempre procuraba hacerlo todo con una sonrisa y dando el doscientos por cien.

Cuando llevaba seis meses trabajando allí, una mañana de junio, me llamó mi padre:

—Vi que vuelven los *castings* de *Operación Triunfo* —me dijo muy ilusionado.
—Ah —le respondí yo sin mucho entusiasmo.
—¿Es que no te vas a presentar?

Yo me puse a reír.

—Pero, papá, que yo canto boleros y tangos. ¿Qué pinto en un programa como *Operación Triunfo*?

Pero entonces él me dijo una cosa que nunca olvidaré:

—Hija, yo entiendo que te guste tu trabajo, que tienes facturas que pagar y que mantenerse en Madrid es caro, pero **no dejes que te consuma la rutina ni la necesidad de tener un salario. Si no quieres, no te presentes a *OT*, pero no olvides que vender perfumes no es el trabajo de tu vida.** No es eso para lo que naciste.

Yo entonces colgué el teléfono en mis trece. Convencida de que *OT* no era para mí y de que no iría al *casting*. Pero no podía quitarme la voz de mi padre de la cabeza. Entonces no lo sabía, pero aquellas palabras me hicieron despertar.

La casualidad quiso que el 18 de julio, el día del *casting* de *OT* en Madrid, tuviese el día libre (libraba un día a la semana).

#OTCasting

Así que al final fui, diciéndome a mí misma que tenía que tomármelo como un reto, que iba a hacerlo aunque solo fuese por vivir la experiencia de cantar delante de expertos que me iban a juzgar. Recuerdo que la cola era interminable. Pasé cuatro horas esperando bajo el sol para poder cantar.

Aquella mañana empezaron a suceder cosas curiosas. Esos pequeños detalles que te indican que el mundo está empezando a conspirar a tu favor. En la primera fase, la de las pegatinas, yo quería que me juzgara Ismael Agudo. No sé por qué, era como una intuición. Pero no era algo que yo pudiera elegir. Había personas de seguridad organizando la cola y eran ellos los que nos iban poniendo por orden: en su fila, en la de Noemí Galera o en la de Pablo Wesling. La de Noemí era la que más respeto imponía. Ahora que la conozco, todo es muy distinto. Pero entonces me daba miedo (y no era la única), y más después de verla despachar a algunas voces que a mí me parecían increíbles. Cuando me llegó el turno, después de algunos titubeos, me pusieron en la cola de Ismael, como yo quería. Empecé cantando el bolero *No me quedas más*, de Los Tres Reyes, y seguí con *La ciudad*, de Roko. Como tercera canción llevaba preparada *All I want for Christmas is you* —en julio, sí—, pero tuve una especie de bloqueo y me lancé con *Suave*, de Luis Miguel. Aún hoy sigo sin entender qué me pasó por la cabeza para hacer eso, pero fue justo entonces cuando Ismael me puso la pegatina…, y siempre me preguntaré qué hubiese sido de mí si hubiese cantado la de Mariah Carey.

CASTING

En otras ciudades, el siguiente *casting* se celebraba ese mismo día, pero en Madrid era al día siguiente por la tarde. Para mí era una faena, porque yo curraba, pero por suerte un compañero me cambió el turno sin ningún problema (aunque no le dije dónde iba, en realidad, le conté que tenía que ir al médico). Como por la mañana sí trabajaba, me pasé el rato repasando mentalmente las canciones con las que me quería presentar —*Contigo aprendí*, *I can't live* y *Cabaret*— y escuchándolas en el móvil cuando bajaba al almacén de El Corte Inglés a buscar perfumes.

Después de superar aquel segundo *casting*, nos grabaron a todos en vídeo para documentar el momento y poder mostrarlo más adelante en el programa si acabábamos entrando. A la mayoría los grabaron abrazándose a sus acompañantes y cosas así. Pero yo había ido sola. Entonces, las personas que grababan los recursos del programa me sugirieron que llamara por teléfono a alguien que no supiera que había ido al *casting* para darle la sorpresa. Solo había una persona a quien quisiera llamar: mi padre. Cuando descolgó, se lo conté entre risas nerviosas y con lágrimas en los ojos:

—¡He superado el segundo *casting* de *OT*!

Él al principio no se lo creyó, claro, y me contestó:

—¡Vete a hacer puñetas! —sin saber que tenía un montón de micros apuntándole.

Si no me creen, pueden buscar el vídeo de mi *casting*, que aún sigue colgado en YouTube.

Antes de la última eliminatoria, había como un parón, una especie de limbo, en el que el equipo del programa revisaba todos los vídeos de todas las pruebas y eliminaban a unos cuantos. Aquel momento fue muy estresante, porque tenías la sensación de que la suerte estaba echada, ya no podías cambiar nada, solo quedaba esperar. Yo ya creía que no me iban a llamar y que seguro que me habían eliminado porque había pasado un montón de tiempo, no había vuelto a tener noticias y había visto a gente muy buena. Justamente un día que estaba pensando en todo eso y que ya me estaba dando por vencida, me sonó el teléfono. Era Gestmusic. Querían que participara en la última fase, que sería un *casting* de cuatro días en Barcelona. Yo, por supuesto, seguía trabajando, así que no podía desaparecer cuatro días como si nada. No podía cambiarme tantos turnos. Así que no me quedaba otra que contárselo a mi jefa y esperar que fuera comprensiva, aunque ella era nueva en mi centro y apenas me conocía.

—Mira, Lourdes, tengo un problema —le dije al día siguiente con toda la sinceridad del mundo—. A mí me gusta mucho mi trabajo, pero, en realidad, yo a lo que quiero dedicarme en esta vida es a cantar, esa es mi pasión. Me presenté al *casting* de *OT* y he ido superando todas las fases. Ahora solo me falta la última, pero son cuatro días y en Barcelona. Lo bueno es que cada día eliminan gente, así que a lo mejor vuelvo el martes, o el miércoles, o el jueves, o el viernes. Aunque también puede ser que no vuelva. Pero, si vuelvo, te aseguro que recuperaré todas las horas.

Entonces ella me miró y me respondió algo que tampoco olvidaré jamás:

—Yo no voy a ser la culpable de que tú no cumplas tu sueño.

Así que me fui para Barcelona y ella se dedicó a escribirme todas las noches para preguntarme qué tal me había ido y para desearme suerte por las mañanas. Me apoyó muchísimo, y yo se lo agradeceré siempre, porque, si ella no hubiese sido tan comprensiva, yo no habría podido irme esos días a Barcelona. No podía arriesgarme a no pagar las facturas.

Con Lourdes, mi antigua jefa

¿Has cumplido un sueño?

¿Trabajas en aquello que amas?

Si no es así, te animo a que compartas conmigo tu sueño y lo que vas a hacer para alcanzarlo. A veces solo con escribirlo somos capaces de proyectarlo todo mucho mejor y tener una meta más clara.

Si no sabes cuál es tu sueño hazte una pregunta, ¿en qué trabajarías gratis?

SI TE APETECE, COMPÁRTELO CONMIGO:

#Despiertaconunasonrisa

Cree

Cree

Después de que me comunicaran que estaba entre los dieciocho finalistas de *OT* sí que tuve que firmar mi carta de renuncia al trabajo de El Corte Inglés. Faltaba un mes para la gala 0 y yo tenía un montón de cosas que hacer. Aquellas cuatro semanas estuvieron llenas de drama, nervios, estrés e incertidumbre: tenía que comprar muchas cosas, etiquetar toda mi ropa y hacer una maleta muy grande, todo sin saber si me cogerían o no para entrar en la Academia. Fueron días de muchísima emoción, toda la que cabía en aquel equipaje enorme.

Recuerdo muy bien las últimas llamadas de despedida que hice antes de que me quitaran el teléfono definitivamente. No podía dejar de llorar. Luego, al poco, me acostumbré, pero recuerdo pasar unos días de duelo por mi vida anterior. Además, todo era un poco extraño porque, de la noche a la mañana, pierdes el contacto con todas las personas que quieres y te pasas el día rodeada de gente a la que acabas de conocer.

Reconozco que mi interpretación vocal en la gala 0 fue horrible, así que agradezco mucho al jurado que se hubiese visto todos los *castings* y tuviese más referencias mías. A partir de ahí, una vez dentro, ***OT* se convirtió en un reto continuo que cambiaba todas las semanas**. Un periodo de tres meses y medio en el que no paré de aprender y en el que maduré como en tres años de vida afuera, por lo menos. Al principio lo pasé fatal por la presión del jurado y la competición, las canciones que me tocaban y que no se parecían a lo que yo solía cantar, pero por encima de todo eso estaba mi propio bloqueo. Me costó mucho adaptarme y empezar a tomar las riendas de la situación, pero finalmente logré superarme semana a semana.

«Me costó mucho adaptarme y empezar a tomar las riendas de la situación, pero finalmente logré superarme semana a semana»

Un ejemplo clarísimo fue *La Bikina*. Cuando me la dieron, después de tantas propuestas para abandonar la Academia y varias críticas malas, creía que iba a ser mi última canción antes de ser expulsada, así que estaba decidida a demostrar quién era. Aquella semana sucedieron muchas cosas cruciales: mis problemas con el sonido se solucionaron por fin y, aún más importante, el trabajo de todos los profesores, pero en particular de los Javis, consiguió desbloquearme. Ellos, que siempre intentaban relacionar las canciones con algo de nuestra vida para que pudiéramos sentirlas, me dijeron que pensara «en una mujer que conozcas que sea fuerte, luchadora, que no necesite a nadie», y yo, aunque entonces no lo confesé, pensaba en mí misma. Con todo eso, se creó un aura preciosa de la que salió *La Bikina*. Me acuerdo que **en la siguiente gala un chico del público me gritó «altanera, preciosa, orgullosa», y yo no entendía nada**, porque no fui consciente de lo que había ocurrido con ese número hasta que

ALTANERAS
PRECIOSAS
Y ORGULLOSAS

salimos por primera vez de la Academia para ir a la firma del 9 de diciembre y escuché como la gente la cantaba.

Tampoco olvidaré la gala en que salí favorita. Para mí fue un momentazo en el que comprobé que los espectadores valoraban mi trabajo, mi dedicación y mi esfuerzo. Que aquella noche el público quisiera premiarme por todo el trabajo que había hecho con *Sax* me demostró que, digan lo que digan algunos, el público de este tipo de programas tiene mucha humanidad. Y eran esos momentos los que hacían que todo valiera la pena: el sufrimiento, las lágrimas, la soledad, el pensar que no podías con una determinada canción…, cuando sentías el cariño del público todo cobraba sentido.

Durante todo el concurso yo tuve muy claro que no iba a ser la ganadora. Mi objetivo era llegar a la final, aunque, paradójicamente, cuando lo conseguí, pensé que aquello era injusto. Viví muy mal la nominación al lado de Roi: por un lado, pensaba que me iba a ir yo y, por el otro, no quería quedarme dentro sin él, echándole de menos. Me salvé con un 49 % de los votos, pero volví a salir nominada, aquella vez con Agoney, una persona con una calidad vocal alucinante y que, entonces, yo pensaba que tenía que ir a Eurovisión. Cuando también me salvé y quedé entre los cinco finalistas, estaba en un estado de agotamiento total, tanto físico como mental, pero me levanté, y viví esas dos últimas semanas superagradecida al público por haber confiado en mí. Y, encima, llegó a mi vida *Lo malo*.

Siempre he creído que la clave de que *OT 2017* funcionase tan bien fue la capacidad del equipo para lograr que dieciséis personas muy distintas entre sí y que no se conocían de nada vivieran y trabajaran juntas en busca de un objetivo común. Porque es cierto que cada uno era de su padre y de su madre, pero, a pesar de eso, a todos nos unía el mismo sueño: la música, y la misma circunstancia, un aislamiento que nos hacía añorar a nuestra familia y nuestros amigos. Podríamos haber decidido llevarnos mal y competir en el peor de los sentidos, pero, en cambio, decidimos hermanarnos porque comprendimos que entre todos, y cada uno por separado, estábamos creando algo muy bonito.

Reconozco que al principio todos estábamos muy asustados. Eso de convivir con gente a la que no conocíamos de nada nos daba un poco de pánico. Pero enseguida nos convertimos en un grupo de amigos. Lo que vivimos es muy difícil de explicar y de transmitir, por mucho que lo intentemos. Hay algo que nos une, que es solo nuestro, y que perdurará el resto de nuestra vida. Mientras duró el programa, aunque cada vez que uno de nosotros dejaba la Academia los demás lo vivíamos con mucha pena.

«PODRÍAMOS HABER DECIDIDO LLEVARNOS MAL Y COMPETIR EN EL PEOR DE LOS SENTIDOS, PERO, EN CAMBIO, DECIDIMOS HERMANARNOS Y FORMAR UNA FAMILIA»

LANA DEL REY
Best wishes

«Lo que vivimos es muy difícil de explicar y de transmitir, por mucho que lo intentemos, hay que vivirlo»

Todos teníamos muy en mente que después habría una gira y que volveríamos a estar juntos. Lo realmente difícil fue el último concierto, el de diciembre de 2018 en el Palau Sant Jordi. Aquel día sí que lloramos todos, porque sabíamos que a partir de entonces vernos sería muchísimo más difícil y que lo de estar los dieciséis juntos se acababa. Coincidir con mis compañeros de *OT* es muy complicado, porque nuestras agendas son a menudo incompatibles, pero lo que no ha cambiado es la lealtad que sentimos los unos por los otros. Esa sensación de que, más que amigos, somos hermanos.

Los profes fueron muy responsables de que las cosas salieran así. Había algunos, como Noemí, Manu o Capde, que habían vivido ya tantos *OT* que nos entendían a la primera cuando no lo estábamos pasando bien o sencillamente necesitábamos llorar, pero todos todos se convirtieron en nuestra familia. La academia estaba perfectamente estructurada, no sobraba ni faltaba nadie. El principal motivo que me empujó a querer entrar en *OT* fue que jamás habría podido pagarme un aprendizaje de una calidad tan increíble. Para mí, poder asistir a todas aquellas clases era en sí un premio. Hasta el punto que hacia el final había incluso olvidado que el premio para la ganadora eran 100.000 euros.

El programa fue para mí una experiencia preciosa en todos los sentidos. Yo, que le había dicho a mi padre que no pintaba nada en *OT* porque cantaba tangos y boleros, salí de allí muy agradecida por haber podido probar otros estilos que nunca en la vida se me habría ocurrido probar. Como nos repetía Guille Milkyway, nuestro profe de cultura musical, «¿por qué un artista tiene que tocar solo un género?». El paso por *OT* me despertó unas ganas locas de experimentar. Quizá más adelante me defina más, pero en mi primer disco hay boleros, baladas, pop, latino y más tipos de canciones. En *OT* aprendí, entre otras muchas cosas, que la variedad musical me gustaba, que estaba cómoda con géneros que nunca había probado y, sobre todo, que era capaz de enfrentarme a ello.

A veces las personas no son conscientes de lo importantes que son para nosotros, a veces una simple palabra o gesto de cariño basta para decir te quiero.

Te animo a que cojas el teléfono y llames a alguien que en este momento necesite saber lo importante que es para ti o lo mucho que le quieres.

¡ME ENCANTARÍA SABER QUIÉN ES ESA PERSONA! SI TE APETECE SUBE UNA FOTO CON

#Creeconunasonrisa

Y CUÉNTAME QUÉ TIENE DE ESPECIAL PARA TI.

Lo malo

Soy el león
que se
comió las
mariposas
Yo decido el
cuándo, el dónde
y cón quién

Lo malo

Cuando salí de la Academia fue todo una locura. Mi vida cambió de repente y yo tuve que aprender sobre la marcha a hacer un trabajo al que no estaba para nada acostumbrada. Pasé del orden y los horarios de la Academia al caos. Para empezar, Aitana y yo estábamos promocionando *Lo malo*, y teníamos mucho trabajo, pero, además, las dos teníamos que empezar a pensar en nuestras carreras en solitario.

Recuerdo aquellas semanas como una sucesión de viajes, firmas, platós, reuniones, entrevistas, sesiones de fotos... Muchos días apenas tenía tiempo para sentarme a comer con tranquilidad, así que mucho menos podía ponerme a componer o a pensar siquiera en cómo quería que fuera mi disco.

Enseguida, empezaron a llegar al departamento artístico de Universal propuestas de canciones que algunos compositores habían creado para mí. Yo me empeñé en escucharlas todas y no quería que nadie hiciese una criba, en parte, porque apenas conocía a las personas de mi equipo y aún me costaba confiar en ellos, y sentía que era mi obligación hacerlo. Así, además del resto de mis obligaciones, aprovechaba cualquier momento para escuchar aquellas propuestas. Había un poco de todo, desde temas que sabía que no eran para mí con solo escuchar los primeros compases hasta canciones de las que me encantaban la melodía o la letra, pero ninguna de ellas me acababa de gustar. Sentía que no había nada que encajara al cien por cien con lo que yo había imaginado.

Una de las cosas que más me preocupaba era dar con una buena letra. Yo quería que el disco tuviera canciones bailables, con ritmo, que generaran buen rollo, pero muchos de los temas que recibía que cumplían con esos requisitos en el plano musical iban acompañados de letras machistas, y yo no iba a cantar una letra que denigrara a las mujeres, eso lo tenía muy claro.

«Yo no iba a cantar una letra que denigrara a las mujeres, eso lo tenía muy claro»

Una de las canciones que tuve que rechazar era de un compositor internacional. La canción era una pasada y bastaba escucharla una vez para saber que iba a ser un éxito inmediato. Pero la letra era machista, así que mi equipo preguntó si era posible cambiarla. Nos respondieron que no. En ese momento yo tuve que pensar muy seriamente qué iba a hacer; por un lado, tenía una canción de un compositor conocido que reunía todos los ingredientes para convertirse en un temazo; por el otro estaban mis principios, mis valores y mis convicciones. Quizá aquella canción fuera un temazo, pero yo no podía cantar esa letra.

Ahora lo cuento así, pero tomar aquella decisión no fue para nada sencillo. Tenía la sensación de que cualquier día vendría Universal y me echaría por ser «demasiado quisquillosa». Al fin y al cabo, yo no era nadie, solo una chica que acababa de salir de un concurso de la tele, y no quería dar problemas. Pero nada de eso ocurrió; al contrario, en Universal están convencidos de que, si un artista no cree en su trabajo, jamás funcionará. Y yo creo que tienen toda la razón.

El caso es que no me echaron, así que seguimos buscando una canción que yo pudiera cantar y defender con orgullo. Una canción que tuviera un mensaje positivo. Para entonces, mi equipo y yo ya hacía tiempo que trabajábamos juntos y yo me sentía mucho más cómoda. También me había dado tiempo a pensar y reflexionar sobre qué significaba para mí cantar y cómo quería mostrarme como artista sobre el escenario. Sabía que quería usar mi voz como altavoz de ideas en las que creyera. Así que le pedí a mi equipo que buscara un tema que se ajustara a esos parámetros y que cribara todo lo que no encajara.

Cuando por fin supe qué quería, fue mucho más sencillo encontrarlo. Y al poco tiempo llegó una propuesta desde Latinoamérica titulada *Ni la hora*, escrita por Andrés Saavedra, entre otros. Me bastó escucharla una vez para saber que era la canción que llevábamos tanto tiempo buscando. No lo dudé ni un segundo. «La tenemos.»

Para mí el feminismo es eso, entre otras cosas, actuar en mi entorno, en lo que depende de mí. Todos tenemos un radio de acción en el que podemos tomar decisiones que sean importantes. Pueden parecer pequeños detalles, casi imperceptibles, pero marcan la diferencia. Estas pequeñas luchas son las que poco a poco construyen el camino para alcanzar la igualdad de género. En mi caso, una cosa que puedo hacer es no cantar letras machistas.

No quería subirme a un escenario y no sentirme orgullosa de lo que estaba cantando. Desde allí lo que quería era mandar un mensaje que nos empoderara. Y creo que valió la pena esperar hasta encontrar la canción adecuada. *Ni la hora* tiene un mensaje positivo y bonito, un mensaje en el que creo; y cuando crees en algo, no te cuesta defenderlo y, entonces, funciona: en enero, la canción llevaba cuarenta y siete millones de reproducciones. Me gustaría pensar que entre todas esas personas que la han escuchado, tal vez, en algún lugar, la canción haya inspirado a alguien a cambiar algo de su vida. Solo con que haya pasado una sola vez ya me hace feliz.

Con Aitana grabando y rodando *Lo malo*

Con Juan Magán, con quien colaboré para el single *Ni la hora*

«Nunca me subiría a un escenario a cantar una canción de la que no me sintiese orgullosa»

Pero todo esto, en realidad, lo aprendí gracias a *Lo malo*. Descubrir el éxito que había tenido la canción fue la primera sorpresa que Aitana y yo nos llevamos nada más salir de la academia. Fue en nuestra primera rueda de prensa, cuando nos comunicaron que esa semana la canción estaba en el número 6 del *ranking* global de lo más escuchado en Spotify. Recuerdo perfectamente cómo nos miramos Aitana y yo en ese momento. Una mezcla de incredulidad, orgullo y alegría. No habíamos sido las primeras, ni habíamos inventado nada, pero nuestra canción había traspasado fronteras y había conectado con un montón de gente. Decidimos que aquello era lo que íbamos a hacer en adelante: canciones que conectaran con la gente, que se pudieran bailar, pero con letras inspiradoras, algo reivindicativas y, sobre todo, con alma...

Aunque reconozco que, de buenas a primeras, tanto a Aitana como a mí nos había costado entender *Lo malo*. Después de escucharla por primera vez, tuvimos sentimientos encontrados: por un lado, supimos que era una gran canción. *Lo malo* se apropiaba de un género musical que suele tener letras machistas y denigrantes, y le daba la vuelta con una letra potente, feminista y empoderante. Pero, precisamente por eso,

«… descubrimos que Lo malo *era mucho más que una canción»*

a Aitana y a mí nos daba un poco de miedo resultar «ridículas». Nos daba miedo que no se entendiese el mensaje, que perdiéramos la credibilidad bailando reguetón mientras cantábamos aquella letra. Todas aquellas dudas nos surgieron estando dentro de la Academia. Sin información de fuera y aisladas de todo. Para nosotras era un cambio de estilo y de registro, un salto al vacío.

Pero qué bonito fue subir al escenario y sentir aquella ola de sororidad, aquella complicidad entre Aitana y yo. Fue genial equivocarnos y que todo saliera al contrario de como habíamos temido. Después de mucho trabajo y gracias a los profesores, nos habíamos creído la canción y salimos al escenario a defenderla con uñas y dientes. Pero lo mejor pasó después, cuando salimos de la Academia y vimos lo que estaba pasando en la calle. Allí fue cuando descubrimos que *Lo malo* era mucho más que una canción. Y nosotras estábamos muy orgullosas de cantarla.

«SOY EL LEÓN QUE SE COMIÓ LAS MARIPOSAS»

Para mí lo que pasó el día de la huelga feminista del 8 de marzo de 2018 fue tocar el cielo de la música. Y no exagero. Nada puede superar la sensación de saber que has llegado al corazón de la gente. Cuando me preguntan qué sentí aquel día cuando un montón de mujeres acudieron a las manifestaciones con pancartas donde se leía «pa' fuera lo malo», «pa' mala yo» o «soy el león que se comió las mariposas», siempre me emociono. Aunque me gusta aclarar que la letra no es mía ni de Aitana, sino una adaptación del inglés, así que todo el mérito es de sus autores y adaptadores, lo que sentimos aquel día al ver las imágenes fue simplemente indescriptible. La música tiene un poder increíble y puede cambiar las cosas de muchas maneras, pero colarse en una manifestación tan masiva fue increíble.

Yo siempre he sido feminista, pero antes no lo sabía. Formaba parte de mi manera de ser y de enfrentarme al mundo. Fue mi experiencia con *Lo malo* y todo lo vivido en *Operación Triunfo* lo que hizo que me diera cuenta de lo importante que era cambiar las cosas. Dentro de la Academia todo era muy intenso, vivías mucho y aprendíamos de todo el mundo. Agradezco muchísimo que el programa me abriera los ojos en ese sentido y despertara mi conciencia. Yo siempre había luchado por mí, pero, a partir de ese momento, empecé a hacerlo de manera consciente y por todas. Empecé casi sin querer con *Lo malo* y es lo que quiero seguir haciendo.

Lo malo me hizo entender que la música de cualquier género es una forma de expresarme y lanzar un mensaje al mundo.

«… FUE TOCAR EL
CIELO DE
LA MÚSICA»

El mundo sigue necesitando un cambio que tiene que llegar con tu ayuda, necesitamos la igualdad, la lucha y la sororidad.

Me encantaría que me inspiraras con tu lema para cambiar y hacer el mundo un lugar un poco mejor.

CUÉNTAME CUÁL ES TU GRANITO DE ARENA CON

#Lomaloconunasonrisa

Crece

Crece

Cuando acabó *OT*, salir de la Academia fue muy duro. Y muy raro. Recuerdo que la última tarde, mientras hacíamos las maletas, Aitana y yo no podíamos parar de llorar. Cada cosa que guardábamos tenía un sentido, estaba asociada a un recuerdo, nos mirábamos y se nos saltaban las lágrimas. No teníamos ni idea de cómo íbamos a afrontar la vida afuera, de cómo iban a ser las cosas a partir de entonces.

Yo regresé a Madrid al día siguiente de la final, y de camino a la estación para coger el AVE desde Barcelona me contaron que unos meses antes, el

26 de diciembre, mientras yo aún estaba aislada en la Academia, había muerto mi padrino musical, José Luis Sánchez Camacho, del trío Los Panchos. José Luis era como un abuelo para mí. La noticia me dejó destrozada. Fue entonces cuando comprendí de verdad lo alejada del mundo real que había estado todo ese tiempo. Esto fue un gran *shock* para mí.

«... salir de la Academia fue muy duro»

Cuando por fin llegué a mi casa, mi gato no me reconoció. Pero es que yo tampoco me reconocía a mí misma. El piso donde había vivido hasta entrar en *OT* se me hacía minúsculo después de tantos meses en la Academia, que no deja de ser un plató enorme con unos focos que siempre hacían que pareciera que era de día. Nuestras familias pidieron el favor a la compañía de que tuviéramos una semana libre al salir del concurso. Su intención era buena, querían que descansáramos, que nos tomáramos un respiro. Pero en realidad fue una faena.

Todos estábamos acostumbrados a jornadas de trabajo intensivo que empezaban a las 8 de la mañana y acababan a las 9 de la noche. Y, de repente, no teníamos nada que hacer. Absolutamente nada. Para no volvernos locos, nos pasábamos el día hablando por teléfono entre nosotros, intentando acostumbrarnos a aquella nueva vida, al hecho de no compartir espacio.

A mí no me gustaba estar en casa todo el día sin hacer nada, pero pronto me di cuenta de que tampoco sabía cómo afrontar el hecho de salir. De la noche a la mañana me había convertido en una cara conocida, y pasear por la calle iba a convertirse en algo así como una carrera de obstáculos. Un lunes, se me ocurrió ir a un centro comercial a las tres de la tarde porque pensé que a esa hora habría poca gente. Y no es que hubiera demasiada, pero entre los pocos que por allí paseaban estaba un grupo de unos veinte niños que volvían de comprarse el disco de San Valentín de *OT*. La verdad es que aquello fue un poco caótico y me dio algo de miedo porque no sabía cómo enfrentarme a la situación. Puede parecer una tontería, pero quería ser la mujer más simpática del mundo y, en cambio, aquello me impresionó tanto que mi cara era de estar en estado de *shock*. Fue en ese momento cuando comprendí de verdad que mi vida había cambiado y tenía muchas cosas que aprender.

Lo cierto es que me encantaría poder contar más cosas sobre el primer mes después de salir de *OT*, pero es que apenas lo recuerdo. Creo que estaba en *shock*. Yo, que desde que me había mudado a Madrid llamaba a mi padre todos los días, dejé de hacerlo. Después de estar meses aislada, y de aquella primera semana de parón, ahora

«COMPRENDÍ
DE VERDAD QUE
MI VIDA HABÍA
CAMBIADO Y TENÍA
MUCHAS COSAS
QUE APRENDER»

La primera vez que fuimos los finalistas de *OT* a Universal me pasaba todo el tiempo conociendo a gente nueva, personas de Universal, y cuando llegaba a casa no tenía ganas de hablar con nadie, lo único que quería era desconectarme de todo. No podía asimilar lo que me estaba pasando. Y eso solo a nivel profesional.

«Después de OT *mi escala de valores había cambiado. Tenía que reestructurar mi vida en base a eso»*

Después del episodio en el centro comercial tuve que ser valiente y asumir que mi vida había cambiado. Yo antes solo era Ana Alicia Guerra Morales, una chica anónima que intentaba hacerse un sitio en el teatro musical. Ahora era Ana Guerra (o Ana War), exconcursante de *OT* que intentaba hacerse un sitio en la industria musical. Además, en aquellos meses en la Academia yo había crecido, había cambiado. Después de *OT* mi escala de valores había cambiado. Tenía que reestructurar mi vida en base a eso.

En realidad, las primeras semanas después de salir, lo único que quería era volver a Terrassa, a la Academia, y seguir con la misma inconsciencia, con el mismo aislamiento que había experimentado hasta entonces, y con mis compañeros y los profesores, que eran las únicas personas con las que quería estar. Si lo pienso detenidamente, sé que lo que me pasaba era que estaba muerta de miedo. Por fin se abría ante mí un mundo con el que siempre había soñado, pero del que siempre me habían advertido que debía tener mucho cuidado. Supongo que fue por eso por lo que mis primeros contactos con Universal estuvieron llenos de desconfianza por mi parte. Yo iba allí con una coraza, dispuesta a protegerme a toda costa. Armand, que ahora es mi *manager*, siempre cuenta que la primera vez que nos reunimos no pronuncié ni una sola palabra, y que él creía que me iba a levantar y a irme de allí. No sonreí ni una sola vez. El día que me presentaron a Irene, la encargada de llevar mi *management*, la cosa no fue mucho mejor. Aunque mi primera reacción fue sonreír al ver que era canaria, como yo, cosa que me dio muy buen rollo, no tardé en volverme a poner a la defensiva. Tenía mucho miedo de que no me tomaran en serio, así que, inmediatamente, pedí tener, por contrato, habitación individual durante toda la gira. Yo lo hice porque pensé que, si dormía con alguno de mis compañeros, podíamos pegarnos un resfriado o cualquier otra cosa, y no quería perderme ni un solo concierto. Pero Irene, aunque lo entendió, también alucinó con que una recién llegada plantease ese tipo de exigencias.

Por suerte, toda aquella inseguridad y desconfianza quedaron atrás y ahora nos reímos mucho recordando aquellos primeros momentos. Yo estoy encantada con la compañía y con mi equipo. De hecho, Irene es una de las personas que más está a mi lado, me acompaña siempre y hemos creado un vínculo muy chulo. Es con ella con quien me tomo un vino después de los conciertos o las firmas.

Con Armand Martin, manager de GTS

Con Irene Adrián, mi jefa de Producto de GTS

Además, sé que no fui la única concursante de *OT* a la que le pasó esto, y fue una suerte que todo el mundo en Universal empatizara con nosotros en aquellos momentos. Yo, por ejemplo, tenía un agotamiento emocional impresionante. No me importaba correr de un lado para otro, coger aviones o agotarme físicamente, pero me costaba mucho entender y gestionar las reacciones de los demás cuando me veían o me conocían. No sabía cómo relacionarme con la gente en aquella situación nueva, y cuando algo no salía del todo bien, yo sufría mucho.

Últimamente me he acordado mucho de una cosa que nos decía Noemí Galera durante el concurso: «Cuidado, cuando salgáis de aquí empezaréis a ver cómo son las cosas de verdad. Esto no es real, es la televisión, y nunca vais a encontraros en una firma en solitario con tantas personas como en las firmas de discos del programa». Y tenía toda la razón del mundo. Yo he vivido en primera persona lo que significa estar tres meses y medio veinticuatro horas en televisión e internet, y sé que nunca más volveré a tener tanta visibilidad. Es cierto que mi punto de partida es un poco más fácil que el de muchos artistas porque el programa me ha hecho conocida. Pero si tu primer videoclip —en mi caso, *Lo malo*— llega a los setenta y cuatro millones de reproducciones y el segundo, *Ni la hora*, a los cuarenta y siete millones, cuando el tercero se queda en siete millones en una semana crees que algo está pasando y que tu carrera se hunde. Es un espejismo, claro está, pero no deja de ser una consecuencia de la burbuja en la que estábamos sumergidos, que nos tenía algo malacostumbrados. Siete millones de visualizaciones es una barbaridad y un privilegio. Y soy muy consciente de ello.

El nivel de fama —aunque no me gusta nada esa palabra— que teníamos al salir de la Academia era exagerado y habría sido lícito y natural que se nos fuera un poco la cabeza. Pero no fue así. No nos ha pasado a ninguno de los dieciséis y creo que es porque el equipo de *casting* seleccionó a personas con los pies en la tierra. Yo, desde que salí, he aprendido muchas cosas: por ejemplo, al principio me ahogaba en un vaso de agua, cualquier problema me desquiciaba, me afectaba incluso físicamente; ahora estoy aprendiendo a administrar los sentimientos, a ponerme nerviosa solo cuando tengo que ponerme, a separar las cosas y a no enfadarme tanto. En resumen, a asumir los problemas de la mejor manera posible y a comprender que, si una solución no depende de mí, tengo que dejarla en manos de la gente con la que trabajo, que sabe lo que hace.

«La generación OT *tenemos mucha suerte: nuestros seguidores nos comprenden muy bien»*

Por supuesto, hay días en los que me encantaría salir a la calle y ser invisible. Pero, luego, me meto en el estudio, o me subo a un escenario y siento a la gente allí cantando y llorando conmigo, y todo merece la pena. Por eso, siempre intento regalarles, al menos, mi mejor sonrisa. Además, la generación *OT* tenemos mucha suerte: nuestros seguidores nos comprenden muy bien, nos conocen tanto que entienden que a veces podamos estar enfermos, tristes, nostálgicos… Y nos apoyan mucho y aplauden que seamos naturales y sinceros. Creo que a veces no somos conscientes, para bien y para mal, de lo que significa todo eso, es una responsabilidad y un privilegio.

Así que lo único que espero del futuro es que todos sigamos teniendo éxitos y tropiezos, triunfos y decepciones. Sí, también tropiezos y decepciones, porque sin ellos no puedes vivir y disfrutar de los primeros. Yo soy muy consciente de que mañana puede salir alguien que cante mejor que yo, que tenga más carisma y más talento, que los hay a montones, y que yo entonces puedo desaparecer y la gente puede olvidarse de mí. Pero ahora sé que pase lo que pase seguiré luchando siempre para continuar trabajando en la música, aunque tenga que volver a tocar en la calle como ya hacía antes de venirme a Madrid. Porque yo creo que vine al mundo para cantar y para hacer sentir a la gente, y por eso pienso que el mundo, siempre, de una manera u otra, me pondrá la música delante.

«SÉ QUE PASE LO QUE PASE SEGUIRÉ LUCHANDO SIEMPRE PARA CONTINUAR TRABAJANDO EN LA MÚSICA»

Creo que todos tenemos en nuestra vida un punto de inflexión donde crecemos, ese momento en el que la vida te da un giro de 180 grados y te hace empezar a ver las cosas desde un nuevo punto de vista.

Me encantaría que me contaras cuál es tu historia y en qué momento la vida te sorprendió.

#Crececonunasonrisa

Valores

Valores

Cuando yo solo tenía quince años, mi madre sufrió un derrame cerebral y pasó unos tres meses en el hospital. Nos dio algún que otro susto, pero al final se recuperó sin problema.

Yo entonces estaba en 4.º de la ESO y además hacía siete asignaturas en el conservatorio, así que por las mañanas iba al colegio, pasaba el mediodía y parte de la tarde con mi madre e iba al conservatorio casi por la noche. Estudiaba en los pasillos del hospital y, cuando no estaba allí, me pasaba el día pendiente del teléfono y pensando en mi madre. A veces, como mi padre

«SÍ RECUERDO DE DÓNDE SACABA LAS FUERZAS: DE MI PADRE»

es enfermero, nos dejaban quedarnos más rato en el hospital por la noche. Esos días llegábamos a casa sobre las doce y yo, en lugar de acostarme, me ponía a estudiar. Mi vida social se esfumó y, sinceramente, no sé ni cómo me daba tiempo a todo.

Pero sí recuerdo de dónde sacaba las fuerzas: de mi padre. Su presencia me daba energía. Me gustaba dormir con él, aunque roncara, porque tenerlo cerca me hacía sentirme mejor. Él ni siquiera se planteó que yo dejara los estudios aquellos meses, pero sabía lo difícil que era mi situación, así que por las noches solía quedarse conmigo para ayudarme a repasar y con los deberes. Que yo al final lograra sacarme el curso fue gracias a él. Solo me quedó una asignatura para septiembre, Armonía Musical, que había decidido abandonar porque la clase empezaba a la misma hora que yo tenía de límite para entrar a visitar a mi madre al hospital.

«Mi padre es la persona en quien más confío»

Hoy en día, mi padre es la persona en quien más confío. Es mi mejor amigo. Y esa relación tan estrecha nació entonces, cuando padre e hija nos apoyamos el uno al otro, sin que ninguno de los dos tuviera que convertirse en un héroe. Cuando miro atrás, me parece increíble cómo fuimos capaces de enfrentarnos a la situación. Y tengo muy claro que, si lo logramos, fue gracias a que mi padre, mi hermano y yo nos unimos y sacamos fuerzas de donde no las había. Compadecernos de nosotros mismos nunca fue una opción. Mi padre siempre nos hizo entender que teníamos que asumir lo que había pasado y seguir adelante juntos. No había más. Lloró con nosotros cuando había que llorar, pero no permitió que nos hundiéramos en la pena. Fue él quien tiró del carro sabiendo que podía apoyarse en nosotros y, gracias a eso, formamos una auténtica piña.

Con quince años fue duro vivir todo lo que estaba viviendo, pero, por suerte, después de aquellos tres meses durísimos de hospital y malos pronósticos, mi madre se recuperó. Hoy en día sigue bien y, por suerte, podemos disfrutar la una de la otra. Aquella experiencia me enseñó lo importante que es cuidar a las personas

que quieres y dedicarles tiempo. Desde entonces, para mí, mi familia y mis amigos son lo único realmente imprescindible.

«Aquella experiencia me enseñó lo importante que es cuidar a las personas que quieres y dedicarles tiempo»

Desde que salí de la Academia, mi vida cambió, y me estoy introduciendo en un mundo en el que, si te dejas llevar, te acostumbras rápidamente a ser la protagonista de todas las conversaciones. La gente te pregunta por el trabajo y por todo lo que lo rodea: «¿cómo es el programa por dentro», «¿cómo es tal persona?». Pero yo no quiero caer en el error de pensar que el mundo entero gira a mi alrededor. Yo quiero hablar con mi padre, mi madre, mi hermano, mis amigos y saber de su vida, que me cuenten cómo están, cómo les va el trabajo, cómo están sus familias, conocer los pequeños detalles cotidianos de su día a día. **No quiero pasarme todo el tiempo hablando de mí misma y de mi trabajo.** Además, para todos ellos, yo soy Ana Alicia Guerra Morales, la persona que he sido siempre y que quiero seguir siendo. Son ellas las que me ayudan a estar con los pies en el suelo. Porque no quiero desconectarme de mi vida anterior y empezar a hacer planes solo con toda esa gente nueva que he conocido después de salir de la Academia.

RANDY

La enfermedad de mi madre y todo lo que la rodeó me hizo valorar mucho a las personas que se quedaron a mi lado. Fue entonces cuando descubrí lo bonito que es tener a alguien con quien celebrar las alegrías y llorar las penas. Y ahora que tengo un trabajo que me roba mucho tiempo, que si me descuido me absorbe las veinticuatro horas, que me hace viajar mucho, ir siempre con prisas y estar lejos de Tenerife, yo me esfuerzo por buscar siempre tiempo para cuidar de mi gente, de los que siempre están y estarán. Aunque tenga que hacer un puzle y sacar tiempo de donde no lo hay. Porque sé que para mí sería muy triste, y no me haría ni un diez por ciento de la ilusión que me hace ahora, dar un concierto y no poder compartirlo, que los míos no estuvieran orgullosos de mí, no ver a mi padre emocionado entre el público... Y, aunque lo mío sea vocacional, tengo muy claro que yo trabajo para vivir, no vivo para trabajar. Por eso no dejaré nunca de estar ahí para mis amigos y mi familia. Mi lealtad con ellos es eterna, y sé que la de ellos conmigo, también.

«Fue entonces cuando descubrí lo bonito que es tener a alguien con quien celebrar las alegrías y llorar las penas»

«Yo trabajo para vivir, no vivo para trabajar»

¡Qué importante es estar bien rodeado en la vida, seas quien seas y te dediques a lo que te dediques! Yo creo que todos tenemos esa persona que nos hace mantener los pies en la tierra, que nos entiende y nos apoya en cada paso.

Tú ya sabes cuál es mi persona y a mí me gustaría saber quién te inspira a ser mejor.

ENSÉÑAME UNA FOTO CON TU PERSONA

#Valoresconunasonrisa

Tropiezos

Tropiezos

Cuando tenía ocho años fui de viaje a Madrid con mis padres. Una noche, me llevaron a ver *La bella y la bestia* a un teatro de la Gran Vía. El patio de butacas era enorme y estaba lleno de gente. Recuerdo que yo era tan pequeña que me tuvieron que poner un alza en la butaca para poder ver el escenario. Era la primera vez que veía un musical y, aunque no recuerdo cuándo exactamente, me eché a llorar. Mi madre, al verme, me cogió de la mano y me preguntó:

—¿Qué te pasa, hija?

—Que yo quiero estar allí —dije señalando el escenario—. No aquí sentada.

Así fue como descubrí mi pasión por el teatro musical. Antes de ver *La bella y la bestia*, ni siquiera sabía que existía algo así. No sabía que había gente que se subía a un escenario y contaba historias con canciones. Pero en cuanto lo descubrí, se convirtió en mi sueño. Yo quería hacer eso, yo quería cantar y contar historias desde un escenario.

Años después, fue precisamente en un teatro de la Gran Vía de Madrid donde me dieron la oportunidad de trabajar en un musical sin formar parte del elenco, con un papel de *cover* dos noches por semana. Hacía muy poquito que había llegado a la capital para perseguir mi sueño, y me enteré de que estaban haciendo un *casting* para el musical *Don Juan*. Si me cogían, sustituiría a la actriz que hacía de Doña Inés, la protagonista de la obra, dos noches por semana. Para mí aquella posibilidad era un sueño, pero también una gran responsabilidad.

«YO QUERÍA
CANTAR Y
CONTAR
HISTORIAS
DESDE UN
ESCENARIO»

Me preparé a conciencia para las pruebas. Ensayé y ensayé la canción que tenía que cantar, fui a ver la obra para entender cómo era Doña Inés y cómo la interpretaba la actriz principal, intenté meterme en su piel al máximo. Había un momento crucial: cuando Doña Inés recibe una carta de Don Juan y decide dejar para siempre el convento y escaparse con él. Sabía que, si era capaz de entender aquella escena, habría entendido al personaje.

Durante las pruebas, recuerdo que me eché a llorar justo después de interpretar mi canción delante del director musical, Julio Awwad, y el productor de la obra. Lloré porque sentía que el papel lo requería. Me metí tanto en él que no me hizo faltar tener público delante para darlo todo. Me había esforzado al máximo. Después, me fui al bar de abajo a esperar a Julio. Al cabo de un rato, que a mí se me hizo eterno, apareció Julio y se acercó a mí con paso decidido: «Sabía que ibas a estar aquí esperándome. Estás dentro». Casi grito de la emoción. Mi sueño estaba a punto de hacerse realidad.

Sin embargo, había una pequeña parte de mí que no se acababa de creer lo que estaba pasando. Era como una vocecilla de fondo que me repetía que aquello era demasiado bueno para ser verdad. Por mucho que lo intentaba, no lograba verme a mí misma sobre aquel escenario. Pero todo seguía su curso, aquello era muy real.

Entonces sucedió. Un buen día recibí una llamada que acabó de raíz con todo: «Lo sentimos muchísimo, Ana, pero el musical no ha ido como esperábamos y vamos a tener que suspender el resto de las funciones». Colgué el teléfono en *shock*. Me sentía como una niña a la que le arrancan de las manos su peluche favorito. Me había esforzado tanto para superar aquellas pruebas, para que me dieran mi sí... Había rozado mi sueño con la punta de los dedos y, en cambio, ahora volvía a estar en la casilla de salida.

25
años
Máyex

KITCHEN

«EN NINGÚN MOMENTO DUDÉ DE SEGUIR ADELANTE. YO TENÍA UN SUEÑO Y ESTABA DISPUESTA A TRABAJAR PARA HACERLO REALIDAD»

Pero yo no me iba a rendir. Aquello no había sido más que un tropiezo. Estaba convencida de que si seguía esforzándome y dando lo mejor de mí llegarían más oportunidades. Y así fue. Al cabo de unas semanas hice un *casting* para otro musical: *Mujercitas*. Llegué a estar entre las diez finalistas, pero entonces cerró la productora y el proyecto se fue al traste. Otro tropiezo. Pero yo no desistí. No paraba de mandar currículums y vídeos a todas las ofertas que encontraba. Cuando no estaba trabajando para poder mantenerme en Madrid, estaba buscando oportunidades, sin rendirme. Muchas veces ni siquiera me contestaban, o solo lo hacían para decirme que no encajaba en el perfil que estaban buscando. Pero no me importaba. Yo estaba acostumbrada a que me dijeran que no en casi todo.

En ningún momento dudé de seguir adelante. Yo tenía un sueño y estaba dispuesta a trabajar para hacerlo realidad. Me daba igual cuánto tardara o cuánto tuviera que esforzarme. Me daban igual los obstáculos. Nada me había detenido hasta entonces y nada iba a hacerlo.

Si me hubiera rendido con el primer «no» jamás habría entrado en *Operación Triunfo*. *OT* fue de los pocos «síes» de mi vida. También lo fue para la mayoría de mis compañeros. Si había una cosa que muchos teníamos en común era una gran cantidad de *castings* y de respuestas negativas a nuestras espaldas. Cada uno teníamos nuestra historia, pero todas se parecían: yo había cantado en la calle, Roi se había curtido trabajando en orquestas, Mimi había vivido en China, Ricky cantaba por todos los hoteles de Mallorca, y así todos.

«Si me hubiera rendido con el primer "no" jamás habría entrado en Operación Triunfo»

Antes de entrar en la Academia yo había tropezado un montón de veces, y en otras ocasiones me habían salido las cosas bien. Ahora también me pasa a veces, pero es distinto. Desde que salí de la Academia me han propuesto un montón de proyectos preciosos e interesantes. Con todos me he ilusionado. Algunos han acabado saliendo adelante y otros no. Ya hace tiempo que descubrí que la vida es así.

Pero ahora, por fin, puedo vivir de mi sueño: cantar. Eso no significa que haya dejado de luchar ni de esforzarme. La vida del artista es una carrera de fondo en la que parece que nunca dejas de hacer *castings*. Pero en el camino que me ha traído hasta aquí he aprendido a no desanimarme cuando alguien me da un «no». A aprender que, si no te dicen unas cuantas veces que «no», no vas a estar preparada cuando alguien te diga por fin que «sí».

«... creo firmemente que a todos, en algún momento de nuestra vida, nos llega una oportunidad»

Seguramente estarás pensando que esto es muy fácil de decir, pero muy difícil de hacer. Lo sé, créeme. Yo no lo aprendí de un día para otro. A veces me desesperaba y dudaba de si realmente llegaría a conseguirlo. Dudaba sobre si arriesgarme o no, sobre si seguir apostando o dejarlo todo. Pero creo firmemente que a todos, en algún momento de nuestra vida, nos llega una oportunidad. Y esa oportunidad nos tiene que pillar atentos y preparados. Nos tiene que pillar trabajando.

En mis conciertos, antes de cantar *Despierta*, siempre pregunto al público quiénes de los que están ahí escuchándome están en ese momento de su vida cumpliendo un sueño, o trabajando en lo que habían soñado de niños. Lo hago para recordarme y recordarnos que los sueños son importantes y que vale la pena esforzarse para hacerlos realidad. Por eso me gusta dedicar *Despierta* a todos los que aún no se han atrevido a dar el paso, a toda esa gente que solo necesita un pequeño empujón para lanzarse en busca de su sueño.

Todos nos caemos, pero somos más fuertes de lo que creemos para levantarnos. Esos tropiezos son más que necesarios para saber valorar todo lo bueno que está por llegar.

Te animo a que escribas en el recuadro de la derecha la frase «No voy a rendirme jamás» y la cuelgues en el espejo del baño, y así al levantarte cada día, cuando vayas a lavarte la cara, junto a tu reflejo veas esta frase y te impulse a luchar para ser feliz.

#Tropiezosconunasonrisa

Reflexión

QUERER ES PODER

Reflexión

•

—Si quieres hacer una gira, tendrás que grabar un disco.

Así de claro fue mi *manager* Armand Martin cuando empezamos a hablar del futuro pocas semanas después de salir de la Academia. Mi responsable de repertorio, Pedro Malaver, que estaba sentado a su lado, asintió con la cabeza.

—¡Pues claro que quiero hacer una gira! —respondí.

Y así empezó el camino que nos llevó hasta *Reflexión*, mi primer disco, que se publicó en enero de 2018 y que teníamos claro que no iba a ser exactamente un disco, sino un EP, un formato con menos canciones que en mi caso acabó siendo algo más largo de lo habitual porque añadimos temas que no eran inéditos: *El remedio*, *Lo malo* y dos versiones de *Ni la hora* (una de ellas, una versión acústica que yo solía cantar en los programas de radio y televisión donde iba de promoción y que acabamos incluyendo a petición de los fans). Finalmente acabó teniendo nueve temas, cinco inéditos: *Bajito, Con una mirada, Despierta, Olvídame* y *Vete de mí.*

El nombre del disco también fue, de alguna manera, una petición de los fans. Durante la grabación del EP a mí me gustaba subir a Twitter constantemente algo que yo llamaba «reflexiones», y que no eran otra cosa que ideas y pensamientos que me venían a la cabeza y que a mí me parecían graciosos o simpáticos. Eran cosas del tipo «¿Por qué cuando pides un refresco con hielo te lo traen con hielo y limón?». Algunas cosas eran muy *random*, pero otras no lo eran tanto.

Un día escribí: «¿En el vagón de silencio se puede hablar bajito?» que, por supuesto, era un guiño a mi primer *single*, que estaba a punto de salir. Otro día subí un *gif* de una Coca-Cola y tres semanas después mis compañeros y yo protagonizamos un anuncio de esta marca. Así que los fans, que siempre están en todo, se empezaron a dar cuenta de que yo iba dejando pistas en mis mensajes en las redes sociales y, así, llegaron a la conclusión de que mi disco se iba a llamar *Reflexión*. «Se tiene que llamar así, es imposible que no, nos está dando una pista», les leía a algunos. Y yo, que aún no sabía cómo iba a llamar al disco, decidí que, si ellos querían que se llamara *Reflexión*, se llamaría *Reflexión*.

Yo siempre intento hacer esos guiños a mis seguidores. Lo hago porque me parece una forma divertida de que sientan que lo que hago no es mío, sino nuestro. Porque lo es: las canciones son mías solo hasta que salen a la luz, y entonces pasan a ser de todos, se convierten en algo que compartimos y vivimos juntos. Quiero que mis fans se sientan involucrados en todo lo que hago y, como son tan importantes para mí, me pareció adecuado que le pusieran nombre a mi primer disco y mi primera gira.

Cada uno de los temas del disco tiene detrás una historia y, por eso, todos son muy especiales para mí. De *Lo malo* y *Ni la hora* ya os he hablado en otros capítulos, así que ahora quiero compartir el resto de las historias de *Reflexión*. Porque ha sido un viaje muy bonito.

«LAS CANCIONES SON
MÍAS SOLO HASTA
QUE SALEN A LA LUZ,
Y ENTONCES PASAN
A SER DE TODOS, SE
CONVIERTEN EN ALGO
QUE COMPARTIMOS Y
VIVIMOS JUNTOS»

BAJITO

Bajito fue el primer tema del disco y nació de lo que se llama un «*camp* de composición», que consiste en una serie de reuniones de creación intensivas con compositores profesionales. A mí me entusiasmó la idea de participar en uno y dije que sí en cuanto me lo propusieron, pero, a pesar de tener los nombres de la gente con la que componía, no busqué qué trabajos habían realizado.

La razón era muy sencilla: yo acababa de aterrizar en este mundo y no quería ser muy consciente de con quién iba a trabajar. Sabía que si averiguaba que eran muy importantes porque habían trabajado con grandes artistas o habían firmado un gran éxito a mí me iba a dar mucho reparo opinar o proponer cosas. Yo quería ser capaz de soltarme y estar a gusto en el *camp*, así que lo mejor iba a ser seguir en mi bendita ignorancia.

No tenía ganas, ni quería enamorarme
Pero me llamas un poco más que la atención
Un poco más

Cuando llegó el día, me encontré en una sala con tres chicos. Enseguida surgió el tema de la canción, el amor libre, nos pusimos a hablar y a probar cosas y, en cuestión de dos días, ya teníamos la primera versión de *Bajito*. Recuerdo que para una estrofa de la canción creamos lo que se llama un «chanteo», un estilo hablado muy frecuente en el reguetón, que me daba mucha vergüenza grabar porque creía que no me iba a salir. Pero, como soy testaruda y no me gusta decir que no antes de probar las cosas, me animé... y al final se quedó el chanteo.

Cambió mi filosofía
Es mejor que no te diga
Que me enamoré de un solo día
Fuimos poesía
Tú la letra y yo la melodía

Cuando estuvo acabada, los cuatro lo tuvimos claro: «Es el nuevo *single*». Y así fue, porque lo mismo pensó Pedro Malaver, que es con quien elijo el repertorio, al oírla. Todo el proceso de *Bajito* fue una experiencia muy enriquecedora para mí. Componer en un *camp* implica trabajar intensamente muchos días seguidos, pero con una fecha límite, y yo al principio no sabía si sería capaz de mantener la inspiración todo el tiempo ni si podríamos sacar algo bueno de todo aquel trabajo. Pero al final me relajé, me quité toda la presión y salió mucho mejor de lo que podría haber imaginado.

Y se me mueven los pies solitos
Y va quemándome el calorcito
Vamos a otro lugar
Donde podamos hablar
Así, bajito

No tenía ganas, ni quería enamorarme

Y nos mordemos aquí, y nos mordemos allá
Los dos queremos que sea una noche sin final

CON UNA MIRADA

La siguiente canción del disco es *Con una mirada*. Para mí, esta es una canción muy especial que, desde el principio, supe que llamaría la atención porque su estilo es más pop, algo que hasta ahora yo no había cantado mucho. Esta canción la compuse junto a Morat.

Fue sin darme cuenta que me pasó
Con una mirada tú te quedaste
Quedaste en mi corazón
Con una mirada me hipnotizaste
Y hasta el latido se me paró
Y aunque mi boca no dijo nada
Todo mi cuerpo lo confirmó

Yo canté una canción de este grupo en la gala 0, *Cómo te atreves*, y la verdad es que no estaba (ni estoy) demasiado orgullosa de cómo lo hice, así que trabajar con Morat me pareció una bonita forma de cerrar el círculo y, de alguna manera, resarcirme por aquel desafortunado inicio.

Y mi mejor mentira fue que al conocerte
Nos separó mi respiración
Ahora es tan difícil verte y no pensar
Que ya te has convertido en mi nueva adicción
Que solo necesito una oportunidad
Para revivir esa sensación

Antes de grabarla, la compañía me pasó la canción en forma de maqueta para que la escuchara y le aportara mi toque. Nunca la vi escrita y al final me aprendí la letra a base de oírla. El caso es que, cuando llegó el día de entrar en el estudio, yo canté:

Tu corazón dolido me hizo prometer
Amarte sin mentiras en una canción

Que era lo que yo había oído, pero, en realidad, la letra de la canción decía:

Tu corazón dolido me hizo prometer
JAMÁS decir mentiras en una canción

Pero, claro, eso lo supe después. Y me dio tanta rabia... Por suerte, Juan Pablo Villamil entendió perfectamente que todo había sido un error, así que la grabación se quedó con «mi» letra. Eso sí, en los conciertos siempre explico esta anécdota y canto la original porque, además de ser la buena, si te paras a pensar ¡tiene mucho más sentido!

Si yo estoy loca, loca
Loca, loquita
Coge mi mano en esta historia tan bonita
Loca, loca
Loca, loquita
Besa mi boca que esta noche es infinita

DESPIERTA

Siendo sincera, creo que la canción que más mía siento de todo el disco es *Despierta*. Para mí es muy especial por la forma en que nació, por su proceso de creación. La escribí dentro de la Academia durante la que, para mí, fue la peor semana de todo el concurso. Acababan de expulsar a Roi, a mí me habían vuelto a nominar y la valoración que el jurado había hecho de mí había sido bastante dura. Yo, que ya llevaba tres meses encerrada, empezaba a no entender nada y todo se me hacía demasiado grande. Fue una semana horrible en la que llegué a plantearme abandonar el programa.

Mírate, sigues aquí
La gente dice que lo bueno está por descubrir
Y mírate, todo cambió
En el segundo que en mi sufrir te dije adiós

De todas esas sensaciones nació *Despierta*. Yo, que entonces no tenía mucha experiencia componiendo, quería escribirme una canción a mí misma que me resultara inspiradora. Quería juntar todas las frases que necesitaba oír y decírmelas a mí misma porque, aunque para entonces ya éramos todos una gran familia y los profes me apoyaron mucho aquella semana, yo echaba de menos el consuelo de los míos, de alguien que me conociera desde siempre. Pero solo me tenía a mí misma.

No duermas más que ya es hora que sigas tu vuelo
Despierta ya
Que el mundo sigue
No sufras más el silencio de tus sentimientos
Que hay algo en ti que es especial
Mírate, no dudes más

La letra de *Despierta* explica muy bien todo lo que me pasó aquella semana. Tiene una parte de *Camina*:

La gente dice que lo bueno está por descubrir [hago alusión a «lo bueno está por llegar», de *Camina*].

Explica lo que sentíamos cada semana cuando alguien se ponía a hacer las maletas para irse, el miedo a lo que había fuera, a perdernos, a salir. Y esa semana me tocaba hacer la maleta a mí

Ya es hora que hagas las maletas y no tengas miedo

Y me recuerda aquellos momentos en las galas en los que si lloraba tenía que bajar la cabeza y mirar al suelo porque, como soy alérgica a mis lágrimas, destrozaba la labor de una maquilladora que llevaba una hora trabajando en mí:

Y seques esas lágrimas que ahora se te caen al suelo

Despierta habla de esos momentos en los que sientes deseos de tirar la toalla, pero logras recomponerte y sacar fuerzas para seguir luchando. El mensaje es que el mundo sigue girando y que, para girar con él, debes deshacerte de las dudas. Cree tú misma en lo que haces, o nadie lo hará.

Si no amanece hoy quizás mañana sí lo hará
Y sabes bien que el corazón te lleva
Cuando la niebla se apodera de tu ser

OLVÍDAME

Mi disco no podía estar completo sin un bolero y *Olvídame* es ese bolero que siempre quise grabar. Recuerdo que no paraba de decírselo a Pedro Malaver: «En el disco tiene que haber un bolero». Al fin y al cabo, los boleros son el género que me hace ser como soy y amar la música de esta manera, así que tenía que haber uno sí o sí.

Cada cual lleva su carga
Cada uno su equipaje
Hoy termina este viaje entre los dos
Cada cual por su camino
No culpemos al destino
Aceptemos que fue culpa del amor

Y la verdad es que Pedro no solo me dijo que sí desde el principio, sino que acabó componiendo parte de *Olvídame*. Como siempre digo, toda la gente que trabaja en la compañía, de un modo u otro, son artistas.

Olvídame
Borra la foto de los dos
Olvídame
Que se te olvide esa canción que te canté
Que se te olvide hasta el perfume de mi piel
Olvídame

Pasa las páginas de nuestro calendario
Borra la fecha de tantos aniversarios
No pido nada más de ti
Solo que puedas ser feliz
Olvídame

Uno de los momentos más especiales que he vivido con esta canción fue cuando fui a mi casa, a *Operación Triunfo*, y con Manu Guix al piano (nadie mejor que él) tocamos *Olvídame*. Recuerdo la sensación..., para mí era un premio pisar ese escenario con mi bolero. Cerré los ojos e inevitablemente pensé: de todas las cosas bonitas que me han pasado desde que comenzó esta aventura, esta es de las mejores.

VETE DE MÍ

Vete de mí es el tema más latino de todo el disco, el que saca a la luz toda esa influencia latinoamericana que tenemos en Canarias y que yo inevitablemente llevo arraigada en mi sangre.

Ay ay ay
¿Qué haría yo sin ti?
Ay ay ay
De todo menos sufrir
Ay ay ay
La puerta sigue aquí
Ay ay ay
Te invito a salir
Por eso vete de mí

Es un tema que compongo junto a Javier Luis Delgado en cuanto salgo de la Academia porque decidimos que había que coger algo de hábito e ir indagando en la composición musical, cosa que antes prácticamente no había hecho.

Las flores se van cayendo detrás de ti
Es como vivir otoño en pleno abril

Yo tenía muy claro que quería seguir mandando mensajes positivos y que tuvieran algo de peso más allá de ser una simple canción. Por eso seguí cantándole al feminismo con una canción que transmite el mensaje de que una mujer puede estar sola perfectamente sin necesidad de tener a nadie a su lado para ser feliz.

Si te vas de aquí
Ya no traigas en las manos la ilusión que yo te di
Te quedas solo

La música forma parte de cada minuto de mi día y a veces me cuesta escuchar música nueva y me conformo con la que ya conozco. Por ello me gustaría un montón que me descubras nuevas fronteras y me hagas una playlist de las canciones que te recuerdan momentos especiales de tu vida.

TÍTULO	ARTISTA
▶	
♡	
♡	
♡	
♡	
♡	

TÍTULO ARTISTA

♡

♡

♡

♡

♡

♡

♡

♡

♡

♡

♡

♡

COMPÁRTELAS CONMIGO: #Reflexiónconunasonrisa

Sueña

Sueña

Un día, cuando yo tenía seis años, mis padres aparecieron en casa con un karaoke. Esto fue antes de YouTube y las aplicaciones para móvil, así que estamos hablando de un trasto tirando a grande que se enchufaba a la televisión y llevaba un par de micrófonos con cable. La idea era sacarlo en las reuniones familiares y divertirnos cantando juntos un rato, pero yo no podía esperar tanto, así que, ese mismo día, después de cenar y medio a escondidas, decidí estrenarlo. Agarré el micrófono y, en cuestión de minutos, me aprendí una de las canciones que llevaba: *Quién como tú*, de Tamara. Mi familia me escuchó y se quedaron todos bastante sorprendidos. Lo cierto era que, para ser yo tan pequeña, no se me daba mal.

Al cabo de unos días, mi padre, que siempre ha estado muy en contacto con la música, se enteró de que iban a hacer un *casting* para el programa *Menudas Estrellas* en Las Palmas de Gran Canaria. Sin dudarlo un momento, le dijo a mi madre: «Voy a llevar a la niña», y para allá que nos fuimos. Yo del viaje solo recuerdo que mi pobre tía abuela se mareó muchísimo en el trayecto en barco entre Tenerife y Gran Canaria. Lo que recuerdo perfectamente fue lo que pasó una vez llegamos al plató donde se hacía el programa. Para mí fue una experiencia divertidísima y recuerdo que me encantó Alonso Caparrós, que era el presentador de la edición. Aquello también tuvo su lado malo. Yo era demasiado pequeña para entender del todo lo que estaba pasando y no asimilé demasiado bien el hecho de tener que competir con otros niños. Recuerdo llorar desconsoladamente cuando me dijeron que no había pasado la primera fase. No lloraba de rabia ni de pena, lloraba porque no entendía nada. Para mí la música era divertirse, no una lucha ni un enfrentamiento. Aquel día les cogí mucha tirria a la rivalidad y las competiciones musicales.

«Para mí la música era divertirse, no una lucha ni un enfrentamiento...»

Con mi tía abuela

Con José Luis Sánchez Camacho, de Los Panchos, mi gran padrino musical

«LA NIÑA TIENE QUE APRENDER MÚSICA»

En el plató de *Menudas Estrellas* cantando *Cómo me gusta*, de Tamara

Menudas Estrellas fue mi primera aventura televisiva, pero no la última. Después de aquello, mi padre solía estar atento a *castings* y oportunidades y, con el tiempo, acabé cantando dos veces en *A tu lado*, un programa de Emma García en Telecinco, que tenía una sección los viernes a la que llevaban a niños. La primera vez fue porque acudí a un *casting*, la segunda, me llamaron directamente del programa. Y fue precisamente la segunda vez cuando llamé la atención de un productor que estaba viendo la tele en una cafetería de Madrid. Poniéndose en contacto con la cadena, consiguió localizar el número de teléfono de mi padre, le llamó y acabamos yendo a Madrid para conocerlo. Allí tuvimos una reunión muy larga de la que salimos con un buen consejo: «La niña tiene que aprender música».

Así fue como acabé estudiando flauta travesera en el Conservatorio profesional de música de Santa Cruz de Tenerife. Fueron ocho años de esfuerzo y trabajo duro, pero que me proporcionaron una base musical muy sólida que ahora agradezco muchísimo. Yo siempre tuve claro que mi futuro no era ser flautista, pero no fue hasta la adolescencia cuando empecé a cantar en grupos de música que formaba con gente que iba conociendo en Tenerife. Nunca me aburría y, aunque cobrásemos muy poco —en algunos sitios solo nos daban de cenar—, tocar en bares o en la calle me proporcionaba algo de dinero para mis cosas y así no tenía que pedirles nada a mis padres, algo que no me gustaba hacer. Hasta entonces, la música había sido un juego, una diversión que compartía con mi padre y que me había llevado a hacer *castings* o cantar en televisión. No le daba importancia ni trascendencia. En cambio, cuando empecé a cantar en grupos y a ganarme la vida, aunque fuera de forma muy modesta, con la música comprendí que aquello era algo importante que significaba mucho para mí. Que la música era mi sueño y quería que fuera mi profesión, que yo había nacido para eso.

«La música era mi sueño y quería que fuera mi profesión, había nacido para eso»

En aquella época no decía que no a nada, y eso me dio la oportunidad de probar distintos palos: fui corista y flautista de un grupo de rock en español, después estuve en uno de góspel, que me encantaba, en uno de tangos, en uno de versiones, en varios de ritmos latinos, de boleros... Lo cierto es que probé un poco de todo para intentar descubrir qué me hacía sentir más cómoda, y me divertí mucho haciéndolo.

Aparte de ir al conservatorio, mi padre estaba empeñado en que tenía que aprender a tocar sin partituras, a improvisar. Yo le decía que no sabía, que eso no era lo que me enseñaban en las clases, pero él insistía. Así que me ponía sus discos favoritos y me decía que tocara encima: Los Sabandeños, Los Panchos, Los Tres Reyes... A base de tocar sobre sus canciones, aquellos intérpretes, que al principio no conocía, se acabaron convirtiendo en mis mayores influencias.

Más tarde, mi hermano me descubrió a Juan Luis Guerra y aquello despertó mi curiosidad por los ritmos latinos, que me abrieron la puerta a nuevos instrumentos y nuevas formas de cantar. Por último, mi madre me enganchó a Luis Miguel, su cantante favorito y quizá el artista que más me ha marcado, tanto por sus boleros como también por su etapa más funky.

Yo creo que, consciente o inconscientemente, acabas aprendiendo a cantar de la gente que escuchas. Yo sé que mi técnica, mi estilo y mis giros de voz beben directamente de los artistas con los que he crecido. Mi forma de cantar es una combinación de todo lo que he escuchado: los boleros, las baladas, la música pop... No sé si algún día me definiré y optaré por un único estilo, pero, la verdad, creo que no es muy necesario. De momento, mi idea es disfrutar de la música, pasármelo bien, seguir trabajando y esperar lo mejor. **Si algo me enseñó *OT* es a sorprenderme a mí misma, y eso solo pasa cuando no te cierras.** Por ejemplo, yo no he rapeado nunca y no me imagino haciéndolo, pero a lo mejor un día me hacen una propuesta que me encaja, me lanzo y..., ¿quién sabe?

Así que, si lo pienso detenidamente, la música siempre ha sido mi vida, y creo que siempre lo será. No sabría vivir sin ella. La música es mi

«Mi forma de cantar es una combinación de todo lo que he escuchado: los boleros, las baladas, la música pop...»

«La música es mi idioma, inunda mis pensamientos y todo lo que hago»

idioma, inunda mis pensamientos y todo lo que hago: si quiero decirle a alguien lo que siento, me resulta más fácil expresarlo a través de una canción. Sin embargo, ahora que la música ya es, por fin, mi único trabajo, me da miedo que se convierta para mí en una obligación. No quiero que lo sea. Odiaría despertarme una mañana pensando: «no me apetece dar ese concierto, me da palo» o «no quiero ir al estudio». Soy consciente de que ya no soy la niña que jugaba a cantar, pero a pesar de todo, a pesar de lo mucho que ha cambiado mi vida, quiero que la música siga siendo para mí lo que ha sido siempre: mi sueño y mi pasión. Ese es mi mayor deseo ahora.

Soñar es gratis, pero en el mundo nadie te regalará nada. Los sueños tardan en llegar y van de la mano del esfuerzo, sacrificio, formación, etc.

Por eso te propongo empezar con metas pequeñas para que te vayas motivando a medida que las vas alcanzando; eso sí, mantenme informada, que me hará mucha ilusión saber que estás siendo feliz.

#Sueñaconunasonrisa

Gracias

AnaG

Te propongo que antes de empezar a leer te pongas unos cascos y escuches *The Ludlows*, de James Horner. Intenta que el volumen no esté demasiado alto para que puedas escuchar también tus propios pensamientos. Es la canción con la que me gustaría que leyeras este capítulo porque es precisamente con la que yo lo estoy escribiendo.

Gracias

Vuelvo a estar en Madrid, este lugar que me inspira valentía y libertad, y que me empuja a escribir cosas bonitas. Ya no llueve, y la emoción se apodera de mí por haber tenido la oportunidad de contarte un poco mi historia.

Qué surrealista..., un libro que habla de mí y de todo lo que he sentido alguna vez en mi vida.

No me gustaría que lo que has leído lo veas como una lección moralista o un aprendizaje, simplemente es como si tú y yo nos sentáramos a tomar un café en algún lugar.

Cuando me propusieron hacer este libro me planteé muy seriamente si estaba preparada o no, porque es un proyecto muy personal y, sobre todo, porque no sabía si tenía algo interesante que compartir contigo. Pero luego pensé: claro que no estoy preparada, pero te lo voy a contar desde el corazón y el amor más puro que hay en mí.

La verdad es que no sé cómo seguir escribiendo estas líneas... Quería acabar el libro con un capítulo titulado «Gracias», porque tengo muchísimas cosas que agradecer. Lo cierto es que me siento en deuda con la vida por lo afortunada que soy y no sé cómo estar a la altura para que la vida se sienta agradecida conmigo.

En primer lugar, gracias a ti que me lees por tener un pedacito de mi vida entre tus dedos y darme, una vez más, la oportunidad de expresarme. Porque podrías haber pensado: ¿qué me va a contar una chica de veinticinco años a la que no le ha dado tiempo de vivir prácticamente nada? Pero, en cambio, confiaste en mí y me sentiste en tus manos, me imaginaste con tus pensamientos y me escuchaste con tus ojos.

Gracias a todas esas personas que, antes de toda esta vorágine a raíz del programa, me escucharon cantar y decidieron que le pusiera música a algún momento de sus vidas, desde quienes quisieron que cantara en un juramento eterno de amor a quienes se detuvieron a escuchar mis acordes en las calles con duende de mi ciudad, La Laguna.

Gracias a todos y cada uno de los músicos que se han cruzado en mi camino y que me han enseñado su manera de interpretar la música, y a todos los profesores que me enseñaron, con verdad, a hablar este idioma.

Gracias a mi familia y a mis amigos porque es muy importante que mi entorno crea en mi y me haya empujado a volar en cada sueño, y me anime constantemente a tirarme a la piscina sin saber si hay agua o no, pero con la seguridad de que si me hago daño ellos estarán siempre para curarme las heridas. Por enseñarme los valores del amor puro sin condiciones, religiones ni jerarquías.

Y cómo no..., gracias, papá, por tus palabras, por hacerme despertar y creer cuando estaba sumida en el sueño de la más cruda realidad, por recordarme cuál es mi función en este mundo, la de hablar el idioma de la música. Gracias por ser mi compañero de viaje y mi mejor amigo. Por darme tu hombro para reír y llorar, por correr por mí cuando yo no puedo y animarme cuando las luces se apagan.

Gracias a todo mi equipo de Universal Music Spain y GTS que me guía, me aconseja, cree en mi música y en mis palabras y que se tira conmigo a miles de piscinas cogiéndome de la mano para no tener tanto vértigo. A esta editorial, Planeta, que tuvo la idea loca de incitarme a escribir un libro donde contar cualquier cosa que se me pasaba por la cabeza entre tardes de café y letras.

Y, por último, gracias a ti por escucharme, por apoyarme en cada locura, como escribir un libro, o inspirarme para hacer una canción que hable del amor libre, por sonreírme cada día, por hacerme ver siempre el lado apasionante y bueno de las cosas, por ser y existir, por vivir cada experiencia a mi lado y querer que esto sea interminable.

Aquí empieza y termina otra aventura maravillosa, cada día la vida me sorprende más. No sé qué pasará mañana, pero así es mucho más emocionante.